PETITE BIBLIOTHÈQUE DE L'ENFANCE

CONTES
FABLES ET RÉCITS

POÉSIES VARIÉES

A L'USAGE DE L'ENFANCE ET DE LA JEUNESSE

PAR

AUGUSTE FISCH

PARIS
J. BONHOURE ET Cie, ÉDITEURS
48, RUE DE LILLE, 48

1878

N° 28 10 — III

CONTES

FABLES ET RÉCITS

IMPRIMERIE D BARDIN, A SAINT-GERMAIN

CONTES

FABLES ET RÉCITS

POÉSIES VARIÉES

A L'USAGE DE L'ENFANCE ET DE LA JEUNESSE

PAR

AUGUSTE FISCH

PARIS
J. BONHOURE ET Ce, ÉDITEURS
48, RUE DE LILLE, 48

1878

DÉDICACE

AUX ÉLÈVES D'UNE ÉCOLE

C'est à vous, chères jeunes filles,
A vos parents, à vos familles,
Que je veux offrir ce recueil.
Recevra-t-il un bon accueil?
Je ne sais; mais, je puis le dire,
Mon seul but est de vous conduire
Au pied de la croix du Sauveur.
Puissé-je laisser pour sa gloire
Un sillon dans votre mémoire,
Une empreinte sur votre cœur.

PREMIÈRE PARTIE

PREMIÈRE PARTIE

I

LE JARDIN ET L'ARROSOIR

Tous les étés, la petite Marie
Allait à la campagne; elle avait grande envie
D'avoir dans un coin de verger
Un petit jardin potager.
Pour une vive et joyeuse fillette
Ayant toujours vécu dans la grande cité,
Quel plaisir dans les jours d'été
Que de s'étendre sur l'herbette
Et de courir à travers champs
En roulant dans sa jeune tête
Mille projets et mille plans!
Ayant reçu de sa grand'mère,
Dans un endroit bien abrité,
Quelques mètres de bonne terre,
Sur son argent de poche elle avait acheté
Et planté
Tout un sac de petites graines,
D'où bientôt, pour fruit de ses peines,
Elle verrait sortir des légumes, des fleurs,
Un parterre aux mille couleurs!
Quelle joyeuse découverte,
Quand descendant dans son jardin

Elle le vit, un beau matin,
Couvert d'une poussière verte!
Tout semblait aller à souhait...
Hélas! un mois plus tard, le beau jardin mourait,
Et notre pauvre enfant pleurait
Sur son espérance détruite...
Une femme en passant la vit. — Qu'as-tu, petite?
— J'ai, reprit-elle, un gros chagrin;
Il est mort, mon joli jardin;
Le soleil l'a séché, tout est rentré sous terre.
Adieu mes fleurs, mon beau parterre!
— Dis-moi, reprit la bonne mère,
Montre-moi donc un peu pour voir
Ton arrosoir.
— Je n'en ai pas. — Je m'en doutais, fit-elle.
Eh bien, sachez, mademoiselle,
Que se contenter de semer
Dans son jardin un peu de graine,
C'est perdre son temps et sa peine,
Il faut de l'eau pour la faire germer!

Jeunes filles laborieuses,
Vous avez un coin de jardin
Où légumes et fleurs, d'espèces précieuses,
Apparaîtront un beau matin :
Histoire, grammaire, lecture,
Chant, géographie, écriture,
C'est un jardin que chaque jour
Il faut soigner avec amour.
Pour le voir prospérer toujours, quoi qu'il arrive,
Arrosez-le de cette eau vive
Dont la source est en Jésus-Christ;
Sans elle, tôt ou tard, tout meurt, tout se flétrit.

II

LES SOULIERS BLEUS

Une petite fille avait une poupée
Et depuis quelques jours était fort occupée
A lui faire une robe; oh! c'était si joli
De la voir attifée ainsi !
Rien ne manquait à sa toilette;
C'était parfait, sinon que la pauvrette
Se lamentait de n'avoir à ses pieds
Pas de souliers!
Je ne veux pas, dit sa jeune maîtresse,
Qu'elle aille ainsi pieds nus! Alors, elle s'empresse
De courir en serrant son trésor sur son cœur
Chez un vieux cordonnier toujours de bonne humeur.
— Monsieur le cordonnier, je voudrais, lui dit-elle,
De jolis souliers bleus. — Fort bien, mademoiselle,
Je vous prendrai mesure; avancez votre pied!
— Mais ce n'est pas pour moi, monsieur le cordonnier;
Je n'ai pas besoin de chaussure !
C'est ma poupée à qui l'on doit prendre mesure.
Le cordonnier sourit et lui répond : — Hélas!
Mon cuir est bien épais pour ses pieds délicats ;
Votre poupée est jeune; elle a la peau trop tendre

Pour être emprisonnée ainsi; mieux vaut attendre;
Revenez me trouver plus tard, et cette fois
Je lui prendrai mesure; attendez quelques mois.
La fillette, à ces mots, un peu contrariée,
Se lève poliment en disant : — Ma poupée
Peut ne pas supporter le cuir rude, il est vrai,
Mais ne pourrait-on pas, pour quand je reviendrai,
Lui faire des souliers d'une étoffe moins dure?
Surtout n'oubliez pas une bonne doublure;
Ma fille un de ces jours peut se mettre à courir,
Et ses chers petits pieds, il faut bien les couvrir!
Le brave cordonnier ne fut pas intraitable,
    Et, souriant d'un air aimable,
    Il lui dit : — Montrez-moi ses pieds;
Votre poupée aura de bons petits souliers!

    Quelquefois Dieu nous laisse attendre,
    Quand nous réclamons son appui;
Avec persévérance adressons-nous à lui,
Insistons, et ce Dieu, si fidèle et si tendre,
    Finira bien par nous entendre.

III

LE PETIT PRINCE

Le petit prince dort sur son lit de velours...
On croit qu'il dort..., il souffre; il est à l'agonie;
Il peut parler encor, mais de la maladie,
Hélas! il n'est plus temps de ralentir le cours.
Le petit prince dort sur son lit de velours...

La reine auprès de lui se désespère et pleure...
— Pourquoi pleurer? dit-il. Craignez-vous que je meure?
Ne soyez pas en peine et n'ayez nul souci;
Un prince comme moi ne peut mourir ainsi.
La reine auprès de lui se désespère et pleure...

En entendant ces mots, elle pleure plus fort...
— Qu'un soldat vienne ici veiller avec sa lance,
Monter autour de moi la garde, et si la mort
S'approche de mon lit, qu'il la tienne à distance!
En entendant ces mots, elle pleure plus fort...

Un soldat immobile est là montant la garde;
Et lui, se soulevant, l'observe et le regarde,
Bat des mains tout joyeux et lui dit: — N'est-ce pas,

Si la mort veut venir, dis-moi, tu la tueras?
Un soldat immobile est là montant la garde.

Un vieillard vient d'entrer qui lui parle tout bas.
C'est l'aumônier ; l'enfant, le regardant en face,
Lui dit : — Déjà mourir! Oh! ne pourriez-vous pas
Trouver ici quelqu'un pour mourir à ma place?
Un vieillard vient d'entrer qui lui parle tout bas.

L'aumônier, tout pensif, a détourné la tête...
— Mais là-haut, reprend-il, je serai prince encor...
Qu'on cherche mon pourpoint de velours broché d'or...
Je veux entrer au ciel en costume de fête.
L'aumônier, tout pensif, a détourné la tête...

— Mais alors, être riche, être roi, ce n'est rien!
A quoi bon tout cela, dit le prince en colère,
Puisque je dois mourir! Hélas! je le vois bien,
Je m'en vais vous quitter; embrassez-moi, ma mère.
L'enfant avait raison, être roi, ce n'est rien !

Naître dans un berceau d'osier ou de dentelle,
Il importe fort peu ; nous devons tous mourir !
Tout homme est un pécheur, tout homme est un rebelle.
Qu'importe, puisque tout avec nous doit finir,
De naître en un berceau d'osier ou de dentelle!

Ce qu'il nous faut à tous, c'est de saisir le ciel;
Oui, si nous voulons être heureux, l'essentiel
N'est pas de posséder la richesse et la gloire,
C'est de tourner nos yeux vers Jésus, et de croire.
Ce qu'il nous faut à tous, c'est de saisir le ciel.

IV

LE MESSAGE D'UNE MÈRE

Une petite fille avait perdu sa mère;
Un jour, les yeux en pleurs, elle dit à son père :
— Qu'a-t-on fait de maman? Je voudrais bien savoir
Pourquoi je ne puis plus comme autrefois la voir,
L'embrasser! oh! dis-moi, qu'est-elle devenue? —
A cette question douloureuse, imprévue,
Il demeura pensif, et ne répondit rien;
Puis au bout d'un moment, il dit : — Écoute bien;
Je vais te raconter une histoire, ma fille.
Une enfant de six ans, gracieuse et gentille,
Vivait chez une dame; un jour, elle tomba
Malade gravement, et bientôt succomba;
La fillette la vit conduire au cimetière
Où son corps reposa doucement sous la terre.
— Sous terre! dit l'enfant. C'est un lit bien étroit!
On ne peut y dormir : il doit y faire froid!
— Oh! non, détrompe-toi, la terre est chaude et douce;
C'est là, sous un tapis de verdure et de mousse,
Que d'un grain de semence éclosent mille fleurs
Aux suaves parfums, aux brillantes couleurs;
C'est là que les enfants deviennent de beaux anges

Qui là-haut du Seigneur vont chanter les louanges!
Elle demeura là peu de temps, puis un jour
Se trouva transportée au céleste séjour.
Elle était devenue un ange aux blanches ailes.
Soudain elle aperçut aux voûtes éternelles
Un trône dont l'aspect était éblouissant,
Et sur ce trône assis le Seigneur tout-puissant.
Elle se tint longtemps devant lui prosternée,
Immobile, pensive et la tête inclinée :
— J'ai là-bas une enfant que j'aime tendrement,
Dit-elle; elle soupire et pleure en ce moment.
Dis-lui que vers le ciel je me suis envolée;
Que je suis à tes pieds, heureuse et consolée;
Que je me souviens d'elle et l'aimerai toujours;
Et qu'à mon doux trésor je pense tous les jours!
Oh! dis-lui que bientôt dans la gloire éternelle
J'espère la revoir, que je l'attends aux cieux! —
A ce mot du récit, l'enfant leva les yeux :
— Cet ange aux ailes d'or, c'était maman! dit-elle.

V

LE BAISER DE PAIX

Une jeune dame élégante
S'avançait d'un pas gracieux
Tandis que, non loin d'elle, heureuse et souriante,
Toute blonde, rose et pimpante,
Une enfant de six ans sautait d'un air joyeux.
Les yeux brillants, le printemps sur la joue,
Elle cheminait doucement
Quand, s'élançant sur elle, un méchant garnement,
D'un coup de pied, l'étendit dans la boue.
Comme il savourait son méfait,
Disant à part lui : C'est bien fait!
L'enfant se mit à fondre en larmes.
La mère accourt tout en alarmes,
Se fâche et dit : — Méchant garçon,
Il est temps que cela finisse,
Vous méritez une leçon!
Qu'on cherche un agent de police!
L'enfant comprenant vaguement
Qu'il s'agissait de châtiment,
Leva sur le gamin son regard tout humide
Et dit, en lui donnant un baiser bien timide :

« Tu ne le feras plus, petit garçon ! La paix ! »
Lui, passant ses deux mains dans ses cheveux épais,
Recula d'un pas en arrière,
Et sur ses pieds se souleva,
Mais elle prit sa main, sa main rude et grossière,
Et l'embrassant bien fort, d'un petit ton colère
Cria : « Méchant garçon, tu ne veux pas la faire,
La paix, je saurai bien la faire seule, va ! »
Il resta là pensif, troublé, baissant la tête,
Tournant dans ses doigts sa casquette,
De ce qu'il avait vu ne sachant que penser.
Vraiment, dit-il enfin, c'est trop fort ! m'embrasser !
Je l'avais maltraitée, elle aurait dû le rendre ;
Se venger d'un affront, c'est facile à comprendre,
Mais m'embrasser ainsi, qui l'aurait jamais cru ?
Elle aurait dû me mordre... oh ! moi, j'aurais mordu !

Le lendemain la jeune mère
Avec l'enfant se promenait gaîment,
Lorsqu'elle vit quelqu'un la suivre avec mystère,
Et s'approcher furtivement ;
C'était le gamin de la veille.
Tout doucement il l'appela
Et lui glissa soudain ces deux mots dans l'oreille :
« Pourquoi, madame, a-t-elle fait *cela ?* »
Et sur sa main calleuse il désignait la place
Qui du baiser de paix portait encor la trace...
— Viens, ma fille, dit-elle, et parle à ce garçon ;
Viens lui donner une leçon.
Il désire savoir comment il se peut faire
Qu'au lieu de te mettre en colère,
Tu puisses l'embrasser ainsi de tout ton cœur ;
Peut-être as-tu songé que notre bon Sauveur...

— Oh! maman, c'est venu tout seul!... Mais si personne
Ne m'avait enseigné que Jésus me pardonne,
Comment aurais-je pu pardonner à mon tour?

C'était bien répondu. Voulons-nous, dès ce jour,
Apprendre à pardonner les offenses des autres,
Comprenons que Jésus nous a remis les nôtres,
Et veut remplir nos cœurs de son esprit d'amour.

VI

PRISONNIER POUR MA SŒUR

Un jour, la petite Louise
Avait été maussade et sotte; on l'avait mise
Au coin; la pauvre enfant avait le cœur bien gros,
Et c'étaient des soupirs sans fin, de longs sanglots.
A ce moment vient à passer son frère;
Il l'aperçoit, et courant vers sa mère,
Lui glisse ces deux mots à l'oreille, tout bas :
— Maman, qu'a donc ma sœur? Tu sais, je n'aime pas
La voir pleurer; permets que je prenne sa place.
Sa mère, émue, en réponse l'embrasse
Et lui dit : — Brave enfant, suis l'élan de ton cœur!
Je t'approuve, et tu peux annoncer à ta sœur
Ce que tu veux faire pour elle.
Heureux de lui porter cette bonne nouvelle,
Et la baisant au front très-tendrement :
— Tu peux sortir, s'écria-t-il gaîment,
C'est maman qui vers toi m'envoie;
Amuse-toi! Tu peux t'en donner à cœur joie!
La fillette, à ces mots, de s'enfuir, sans songer
Que son frère à son tour reste là sans bouger...
C'était dur! Ce n'était guère amusant, en somme,

D'être ainsi prisonnier, et notre petit homme
    Par moments soupirait un peu
En pensant au jardin, aux arbres, au ciel bleu;
Il s'ennuyait beaucoup dans cette solitude,
Trouvant que pour sa sœur si jeune elle était rude!
A cette seule idée un éclair de bonheur
Brillait dans son regard, faisait battre son cœur;
C'est si doux de souffrir un peu pour ceux qu'on aime,
De faire un sacrifice en s'oubliant soi-même!

Tout à coup il entend un léger bruit de pas,
C'est sa mère : — Oh! maman, dit-il, ne suis-je pas
Comme le bon Jésus? — Enfant, que veux-tu dire?
— Oui, maman; l'autre jour ne m'as-tu pas fait lire
Que Jésus-Christ a pris sur lui le châtiment
Que nous méritons tous, comme dans ce moment
Pour ma sœur, qui là-bas court devant la fenêtre,
Je suis puni, n'ayant pas mérité de l'être?

Ce jeune enfant avait, dans sa naïveté,
Mieux que bien des savants compris la charité
De Celui qui voulut souffrir à notre place
Pour nous offrir à tous les trésors de sa grâce.

VII

NOTRE MAITRE EST LA-HAUT

Voyez ce pauvre chien qui, la langue pendante,
    Poursuit d'un air triste, inquiet,
Derrière un omnibus sa course haletante,
    Et le suit d'un regard muet.

Si la lourde machine un seul instant s'arrête,
    D'un bond il revient sur ses pas,
Il fait mille détours, flairant, levant la tête,
    Vers quelqu'un qui ne descend pas.

Et son regard plaintif à chacun semble dire :
    Je cours, car mon maître est là-haut ;
Je l'aime, je l'attends, après lui je soupire ;
    Puissé-je le revoir bientôt !

Quand il l'a découvert et le voit redescendre,
    Comme il le dévore des yeux !
Quels hurlements de joie il fait alors entendre !
    Quels bonds ! quel délire joyeux !

Lorsque nous nous sentons prêts à perdre courage,
N'oublions jamais que bientôt
Nous aurons achevé notre pèlerinage,
Et que *notre Maître est là-haut !*

Puissions-nous, pénétrés de sa divine grâce,
L'aimer d'un cœur pur désormais,
Marcher sous son regard, suivre toujours sa trace,
Et ne l'abandonner jamais!

VIII

LA VENGEANCE D'UN CANICHE

Un jour je vis passer, étant à la fenêtre,
Un pauvre chien d'aveugle ; il conduisait son maître,
Et marchait gravement penché sur son collier,
Comme un brave animal qui sait bien son métier.
Chacun en le voyant disait : La bonne bête !
Comme avec conscience elle fait son devoir,
Comme elle tire bien ! C'est plaisir de la voir
Trotter sans détourner un seul moment la tête !
Tout à coup j'entendis un sourd gémissement ;
Qu'est ceci ? m'écriai-je... Avec étonnement
J'aperçus le vieillard frappant avec colère
De son bâton noueux l'animal débonnaire ;
Son crime était de s'être un instant oublié,
Et pour ce seul motif il frappait sans pitié.
Et je dis à part moi : L'ingrat, le misérable !
Battre un chien si fidèle, oh ! c'est abominable !
Pour moi, si j'étais chien, sur un maître si dur
Je sauterais bien vite, et le mordrais pour sûr !
Bravo ! Je suis content ! Le voilà qui s'élance,
Le mord...
Il le lécha, ce fut là sa vengeance !

IX

LE JEUNE VOLEUR

Avez-vous visité la Petite Roquette ?
Non, peut-être... Il n'y fait pas bon, je vous promets,
C'est un vilain séjour... Enfants, je vous souhaite
De ne pas le connaître et le voir de trop près !...

D'ici figurez-vous un édifice énorme,
Environné de murs épais, et dont la forme
Est ronde ; en pénétrant au dedans, tout est froid ;
Des portes, des verrous, un corridor étroit
Qui, d'étage en étage, autour du mur d'enceinte
Tourne et tourne sans fin comme un vrai labyrinthe.
Derrière un petit trou que l'on nomme *guichet*.
Une table grossière, un lit, un tabouret,
Forment le mobilier de *cellules* pareilles
A celles que l'on voit dans les ruches d'abeilles.
Là sont les prisonniers : de tout jeunes garçons,
Des voleurs, des vauriens, de petits polissons;
On les fait travailler ; mais ces oiseaux en cage
N'ont pas, vous le pensez, le cœur bien à l'ouvrage.
Chers enfants, qui sous l'œil de parents bien-aimés,
Dans de bons lits bien chauds le soir vous endormez,

2

Soyez reconnaissants envers la Providence,
Car si Dieu n'avait pas entouré votre enfance
De ses soins paternels, oh! songez à cela,
Vous seriez aujourd'hui peut-être enfermés là!...

Un jour, je m'approchai d'un enfant dont l'air triste
Me frappa; me voyant entrer à l'improviste,
Il pâlit et soudain se mit à sangloter :
— Ma mère ne veut pas venir me visiter...
Je l'attends à chaque heure... Est-ce qu'elle m'oublie?
S'écria-t-il; monsieur, oh! je vous en supplie,
Dites-lui de venir, car je m'ennuie ici;
Je voudrais tant la voir! — Ne pleure pas ainsi,
Lui dis-je, elle viendra, c'est une chose sûre,
Et ta captivité te paraîtra moins dure...
Mais si tu souffres tant loin d'elle, aussi pourquoi
N'es-tu pas demeuré tranquille, heureux chez toi?
Qu'as-tu fait? — J'ai volé, mais vous pouvez m'en croire,
C'est bon pour une fois! — Toujours la même histoire!
— Je ne le ferai plus. — On le refait pourtant!...
Mais qu'as-tu donc volé? — Un matin, en sortant
De la maison, j'ai vu tomber d'une sacoche
Un beau porte-monnaie, et l'ai mis dans ma poche.
— Et que renfermait-il? — Vingt francs et quelques sous.
— N'as-tu pas entendu la voix qui parle en nous,
Au fond de notre cœur, quand ta main s'est baissée,
Tout bas te reprocher ta mauvaise pensée?
— Oui, monsieur! — Et l'argent, qu'est-il donc devenu?
Qu'en as-tu fait? — Mon frère, en rentrant, est venu,
Puis nous en avons fait ensemble le partage.
— Et tu t'es bien gardé de lui dire, je gage,
Que tu l'avais volé? — Oh! pour cela, bien sûr!
Il pense que je l'ai trouvé derrière un mur.

— Je m'en doutais... Mentir ainsi, c'est une honte !
Faire croire à ton frère, en inventant un conte,
Qu'il pouvait sans remords accepter ton cadeau,
Franchement, se conduire ainsi, ce n'est pas beau !
— Je sais bien que c'est mal... Monsieur, je vous assure,
Je ne le ferai plus jamais, je vous le jure !
— Je l'espère... et je crois que d'un cœur repentant
Tu confesses tes torts; c'est très-bien, mais pourtant
Ce n'est pas à moi seul que s'adresse l'offense,
C'est à Dieu. Si tu fais appel à sa clémence,
Comme le fils prodigue, en t'avouant pécheur,
En lui disant : Fais grâce au nom du bon Sauveur !
Il changera ton cœur, et te rendra capable
De triompher du mal, de tout penchant coupable ;
Mets en lui ton espoir, et le Seigneur Jésus
Te bénira !... L'enfant, qui ne sanglotait plus,
Me répondit tout bas : — Merci, monsieur ; j'espère
Vous voir encor... Surtout n'oubliez pas ma mère !

X

LE CHIEN DE BOUCHER

FABLE

L'œil ardent, le poil hérissé,
Pour faire le guet, en vedette
Sur le devant d'une charrette
Un chien avait été laissé;
De ce poste de confiance
Il flairait d'un air d'importance
Quiconque vers le char s'avisait d'avancer.
A ce moment vient à passer
Un autre chien qui le regarde
Et lui dit : — Que fais-tu là-haut ?
Ne descendras-tu pas bientôt ?
— Je ne puis pas; je suis de garde !
— Allons donc ! tu veux plaisanter.
Es-tu fou de t'aller planter
Si haut à faire pied de grue,
Quand tu peux courir dans la rue ?
— Je dois garder ce char et ne puis m'absenter.
Si je venais à déserter,
Comment sous les yeux de mon maître

Pourrais-je songer à paraître ?
— Garder ce char, dis-tu ? Que peut-il donc avoir
De si précieux qui te rende
Esclave à ce point du devoir ?
Qu'as-tu là-dessous ? — De la viande. —
A ce mot, un grognement sourd
Plein de gourmandise et d'envie
A l'entretien vient couper court...
— Est-il vrai ? Jamais de la vie
Je ne pourrais sentir sans y porter la dent
Tout près de mon museau ce repas succulent !
Y goûter serait très-facile !
C'est faire un métier d'imbécile
Que de rester ainsi sans bouger, quand tu peux
T'accorder aisément un repas copieux !
Dépêchons-nous : l'occasion est bonne ;
C'est l'heure où chacun mange, et je ne vois personne
Passer ici dans ce moment ;
Allons, faisons ripaille, et déjeunons gaîment ! —
L'autre garde à ces mots un dédaigneux silence.
— La patte sur la conscience,
Dit-il enfin, n'as-tu pas honte de vouloir
Me détourner ainsi de faire mon devoir ?
Non, tu serais cent fois plus rusé, plus habile,
Que tu n'obtiendrais rien ! va-t'en, c'est inutile !
Va déjeuner ailleurs ! — Ainsi, tu ne veux pas
Me laisser partager avec toi ce repas ?
— Non ! — J'y goûterai seul ! A ces mots il s'avance ;
Mais sur lui d'un seul bond son compagnon s'élance,
Et lui donne un tel coup de dent,
Qu'il en conserve encor la trace...
Tout déconfit et l'air dolent,
Il se sauva l'oreille basse.

Qui de nous n'admire ce chien,
Cet incorruptible gardien
Si vigilant et si fidèle?
Faisons notre devoir avec le même zèle;
Et l'ennemi qui cherche à nous faire broncher,
S'il nous voit résolus, n'osera s'approcher !

XI

L'ARAIGNÉE

FABLE

Une araignée avait, dans un coin bien obscur,
A l'abri des regards indiscrets, en lieu sûr,
Fixé son léger domicile.
Pour découvrir mon gîte il faudrait être habile,
Pensait-elle, et je puis à l'abri des balais
Tisser ici ma toile et construire un palais!
Aussitôt la voilà qui se met à la tâche,
Du matin jusqu'au soir travaillant sans relâche,
Roulant dans son esprit sans trêve ni repos
Mille embellissements et mille plans nouveaux.
Ici dans cet endroit sera mon piége à mouche,
Là tout près mon grenier, mes réserves de bouche;
Puis, ce double projet une fois achevé,
Plus loin, je construirai mon logement privé.
Tandis qu'elle poursuit d'une ardeur empressée
Ses rêves d'avenir, une ombre s'est glissée
Dans la salle au-dessous; quelqu'un regarde en l'air,
Et dit : Comme il fait sombre ici! Pour y voir clair
Il faut que j'ouvre la fenêtre!

Un rayon de soleil aussitôt de paraître
En projetant son éclat argenté
Sur le beau palais enchanté.
La servante aperçoit l'industrieuse bête
Suspendue à trois pieds au-dessus de sa tête,
Et s'écrie : « Il me faut la tuer promptement!
Vite un balai !... » Cet instrument
D'un seul coup réduit en poussière
Notre araignée et sa chimère !

Oh! n'oublions jamais, quand notre faible cœur
Forme pour l'avenir mille plans de bonheur,
Quand nous croyons pouvoir dans ce monde visible
Nous construire un refuge, un abri bien paisible,
Oh! n'oublions jamais que la mort peut soudain
Nous saisir, et sur nous poser sa froide main !
Veillons et soyons prêts!... consacrons nos journées
A la gloire du Dieu qui nous les a données,
Et, quoi que nous fassions, rappelons-nous toujours
Qu'il peut d'une heure à l'autre en suspendre le cours.

XII

SI JE POUVAIS

FABLE

Un lézard dit un jour : — Oh! quelle douce vie
Que de pouvoir sauter si haut!
Ce crapaud est heureux; oui vraiment, je l'envie;
Si je pouvais être crapaud!

Le crapaud voit passer un moineau qui se pose
Plus haut que lui sur un rameau.
— Voler dans l'air, dit-il, oh! l'agréable chose!
Si je pouvais être moineau!

Un canard près de là nage et plonge la tête
Dans l'eau d'un étang; par hasard
Le moineau l'aperçoit et dit : — L'heureuse bête
Si je pouvais être canard

Le canard voit sortir un lapin de son gîte
Et bondir dans le bois voisin.
— Oh! quel bonheur, dit-il, de courir aussi vite!
Si je pouvais être lapin!

Le lapin aperçoit un chien qui paraît être
Fort heureux. — Oh! je voudrais bien,
Dit-il, être à quelqu'un; moi, je n'ai point de maître.
Oh! si je pouvais être chien !

Passe un cheval tirant un pesant équipage.
Le chien dit : — Heureux animal
De travailler ainsi ! moi, je suis sans ouvrage !
Si je pouvais être cheval !

Le cheval à son tour dit : — Je suis las ! Je tire
Du matin jusqu'au soir ce char;
Ce lézard est heureux, là-bas !. puis il soupire :
Si je pouvais être lézard !

Et le lézard, surpris de voir chacun paraître
Mécontent de ce qu'il était,
Se ravisant, cria : — Lézard Dieu m'a fait naître,
Je veux rester ce qu'il m'a fait.

Ne soyons pas ingrats, et n'envions personne;
De nous plaindre nous aurions tort;
Soyons reconnaissants de ce que Dieu nous donne
Et satisfaits de notre sort !

XIII

LA MOUCHE ET L'ENFANT

FABLE

Un enfant voit un jour à travers la croisée
  Sur la fenêtre une mouche posée,
    Et soudain fait un mouvement
    Pour l'attraper tout doucement.
— Bon ! dit-il, je la tiens ! Dans sa main entr'ouverte
Il plonge son regard ; mais, triste découverte !
Elle est vide !... Il se dit alors, tout désolé,
Que l'insecte au plafond s'est sans doute envolé.
Il ne voit rien... Soudain, il l'aperçoit en face,
    Immobile, à la même place.
— Ah ! pense-t-il tout bas, tu te moques de moi
Je saurai cette fois te prendre ! Gare à toi !
Il lève de nouveau la main... peine inutile !
La mouche est toujours là qui le fixe immobile
— Ah çà, tu ne veux pas te laisser attraper !
C'est trop fort !... De dépit il se met à frapper
    Un coup sec contre la fenêtre,
Qui réveille la mouche et la fait disparaître..

Il n'avait pas compris, dans sa naïveté,
Qu'elle était... de l'autre côté !

Ne serait-ce pas notre histoire
Quand il nous arrive de croire
Que la richesse est le suprême bien ?
Détrompons-nous ; il n'en est rien !
Pour saisir ce trésor quand notre main s'avance,
Elle n'étreint qu'une apparence,
Une forme sans corps et sans réalité...
La mouche est... de l'autre côté...

SECONDE PARTIE

SECONDE PARTIE

XIV

L'ÉTANG ET LE RUISSEAU

APOLOGUE

Un jour, me promenant le long d'une colline,
J'aperçus un ruisseau dont l'onde cristalline
Sur un lit de gravier courait en serpentant,
Plus loin, un peu plus bas, se trouvait un étang,
Un joli petit lac, dont l'eau dormante et verte
De fleurs de nénuphar était toute couverte.
Soudain, il me sembla que l'on causait tout bas.
Était-ce un rêve ? Oh non, je ne me trompais pas ;
C'était un bruit de voix, comme un léger murmure
Mêlant sa note aux doux concerts de la nature.
— Petit ruisseau, disait l'étang, où courez-vous
Si vite et si gaîment sur ce lit de cailloux ?
C'est pour vous réchauffer sans doute, et je suppose...
— Oh non, monsieur l'Étang, c'est pour une autre cause
Que je suis si pressé, répondait le ruisseau;
La rivière voisine a besoin de mon eau ;
Je cours la lui porter. Adieu !
                                        — Quelle folie !
Vous prodiguer ainsi ! Mais, je vous en supplie,

Qu'allez-vous devenir, quand l'été reviendra ?
Vous serez épuisé, votre onde tarira !
A quoi bon du voisin vous mettre tant en peine ?
Gardez, gardez votre eau pour la saison prochaine;
Les mauvais jours viendront !
— Oui, je sais que bientôt
Après les mois d'hiver, le soleil sera chaud,
Et ne tardera pas à dessécher ma source;
Mais si je dois un jour être à sec, sans ressource,
Il m'est doux de pouvoir, sans songer à demain,
Aux dépens de moi-même enrichir mon prochain.
Mais adieu !... je m'en vais, car ce retard m'épuise;
Que dira la rivière ?
— Oh ! fais donc à ta guise !
Tu verras si j'ai tort quand l'été sera là !
Quand on est riche, il faut garder ce que l'on a.

Six mois plus tard, passant par la même prairie,
Je foulais sous mes pieds l'herbe à demi flétrie !
Tout était desséché par les rayons de feu
Du soleil de Juillet brillant dans le ciel bleu.
Je revis le ruisseau; protégé par l'ombrage
D'arbres majestueux à l'opulent feuillage,
Toujours frais en dépit des ardeurs de l'été,
Il déroulait au loin son filet argenté;
Ses bords étaient ornés des fleurs les plus brillantes
Dessinant leurs contours dans ses eaux transparentes,
Tandis que mille oiseaux voltigeant dans les airs
Egayaient ce séjour de leurs joyeux concerts.
Plus loin, à quelques pas de ce ruisseau limpide,
Quelque chose d'informe, une eau grise et livide,
Croupissant tout au fond d'un bassin limoneux,
Dans un pli du feuillage apparut à mes yeux.

En m'approchant, je reconnus avec surprise,
Dans ce marais fangeux, dans cette eau trouble et grise,
Le petit lac fleuri qui, si fier de son eau,
S'était raillé jadis du modeste ruisseau...

Et je songeai tout bas à ce bonheur si triste
Que l'on goûte en menant une vie égoïste...
Non, plus pour le prochain nous nous dépenserons,
Plus du côté du ciel nous nous enrichirons;
Un printemps éternel sera notre partage,
Et nous achèverons notre pèlerinage,
Pareils à ce ruisseau qui garda tout l'été
Sa fraîcheur primitive et sa limpidité.

XV

UN ARBRE DE NOEL

SUR UN CHAMP DE BATAILLE

I

C'était en mil huit cent soixante et quatre; année
De deuil pour l'Amérique et de lutte acharnée,
Où, vaincu mais jamais découragé, le Nord
Pour écraser le Sud tentait un grand effort;
L'on était en Décembre, et la fête joyeuse
De Noël semblait être une ironie affreuse,
Sur ce champ de bataille où l'on voyait couchés
Tant de braves soldats par la guerre fauchés.

On venait de conclure une très-courte trêve,
Instants bien fugitifs et qui n'étaient qu'un rêve,
Car le combat repris avec acharnement
Devait de ces huit jours être le dénoûment.
Et les soldats disaient, en secouant la tête:
Qui croirait que demain c'est jour de grande fête!
Notre arbre de Noël sera bien triste, hélas!...
Et pourquoi, dit l'un d'eux, pourquoi n'aurions-nous pas

Un arbre illuminé tout comme à l'ordinaire ?
Nous sommes près d'un bois, c'est justement l'affaire !
Choisissons un sapin dont le front lumineux
Tout à l'entour du camp projette au loin ses feux.
L'ennemi nous verra !... Qu'importe qu'il nous voie !
Demain est pour le monde un jour de grande joie...
Unissons tous nos cœurs en ce jour solennel,
Oublions notre haine, et fêtons tous Noël !

Il se tut, et chacun se dit : — Que vous en semble ?
Fêter Noël ! Est-ce possible ? Et tous ensemble
S'écrièrent : — C'est dit ! Fêtons Noël ! Bravo !
Un arbre en temps de guerre, au camp, ce sera beau !
Oui, Noël est pour tous ; ce serait grand dommage
De ne pas célébrer ce beau jour !... A l'ouvrage !
Allons choisir un arbre ici dans la forêt,
Car demain, à cette heure, il faut que tout soit prêt.
Et l'arbre fut choisi, sapin de haute taille,
Capable d'éclairer tout le champ de bataille !...

II

Mais un événement tragique et douloureux
Rendait depuis huit jours tous les fronts soucieux.
Un tout jeune soldat, que sa bonne conduite
Avait fait remarquer de ses chefs, à la suite
D'une nuit d'insomnie et d'amer désespoir,
Désertant son drapeau, s'était enfui, le soir,
Hors du camp ; l'on avait arrêté le coupable,
Et, la loi militaire étant inexorable,
On l'avait condamné. Déserter, c'est la mort !...
Il le savait fort bien, et tous plaignaient son sort.

Ce qui l'avait conduit à risquer l'aventure,
Ce n'était pas la peur — c'eût été faire injure
A son âme vaillante, à son cœur haut placé —
Un sentiment tout autre à fuir l'avait poussé :
Il avait entrevu la maison paternelle,
Sa vieille mère... hélas! il s'ennuyait loin d'elle,
Et son ardent désir eût été de pouvoir,
Ne fût-ce qu'un instant, l'embrasser, la revoir!
Il s'était rappelé les doux moments qu'ensemble
Ils passaient autrefois, quand chacun se rassemble
Le soir près du foyer à l'heure du repas...
Et voici que Noël approchait à grands pas!...
Noël, ce jour de joie, où, brillant de lumière,
Salué par les cris de la famille entière,
L'arbre au regard de tous soudain apparaissait...
Comme on était joyeux, et comme on bénissait
Ce Sauveur, qui pour nous naquit dans une étable!...
Et maintenant, contraste affreux, épouvantable,
Ce qui chaque matin venait frapper ses yeux,
C'était le sol sanglant, où tant de malheureux
Gémissaient, étendus sur le champ de carnage...
Les canons vomissant la mort et faisant rage...
C'était, dans les moments de trêve et de répit,
Quand la rumeur du camp dans l'ombre s'assoupit,
Le morne isolement des nuits de longue veille...
Oh! c'est alors qu'on songe et qu'au cœur se réveille
Le désir d'embrasser ceux qui pleurent là-bas,
Tout seuls, et que peut-être on ne reverra pas!...

Voilà ce qui faisait qu'un soir, voyant une ombre
Comme un fantôme errant glisser dans la nuit sombre
Et prête à dépasser la lisière du bois,
La sentinelle avait fait entendre sa voix;

Mais rien ne répondant à cet appel d'alarme,
Elle avait abaissé le canon de son arme
Et fait feu... D'accourir on s'était empressé
Et l'on avait, hélas! dans ce fuyard blessé,
Découvert, ô surprise! ô douloureux mystère!
Un brave enfant du Nord, un camarade, un frère!

Et comme on lui disait : — Malheureux, qu'as-tu fait?
Fuir devant l'ennemi, c'est un lâche forfait!
Il avait répondu : — Je voulais voir ma mère!
Je le sais, c'est un crime, et mon affaire est claire.
Oui, demain, je serai fusillé comme un chien!...
C'est ma faute après tout... je l'ai voulu... C'est bien!

III

Le grand jour est venu; rayonnant de lumière,
Le sapin s'est dressé vers le ciel; il éclaire
La vaste plaine au loin de ses mille clartés;
Sur lui tous les soldats ont les yeux arrêtés,
Et, groupés à l'entour, contemplent en silence
De l'arbre étincelant la pyramide immense.
C'était un beau spectacle, un coup d'œil saisissant
Que ce sapin couvert de flamme, apparaissant
Sur un sol tout jonché des débris de la guerre.
Il semblait que le ciel souriant à la terre
Lui dît : Espère encor! tous ces morts revivront,
Et le gémissement, la douleur s'enfuiront!
Et tandis qu'à ses feux tout le camp s'illumine,
Là-bas, à l'horizon, une ombre se dessine :
Ce sont les ennemis, surpris, silencieux...

Car l'arbre est là pour tous... il brille aussi pour eux.
Soudain l'un des soldats dans le cercle s'élance.
Il tient entre ses mains un papier, et s'avance
Vers l'arbre gravement. — Qu'est-ce ceci ? lui dit-on.
Et lui : — C'est aujourd'hui jour de paix, de pardon ;
Pourrions-nous célébrer une fête si belle
Et les doux souvenirs que Noël nous rappelle
Sans faire une démarche auprès du Président ?...
Qu'il pardonne au coupable et se montre clément !
Signons tous ce papier, et que cette requête
Soit le couronnement d'une si belle fête !...
Et chacun applaudit à ce touchant appel.
S'avançant gravement et d'un pas solennel,
On se met à la file, et l'on quitte sa place
Pour signer la requête et la demande en grâce...
En guise de pupitre on se sert d'un tambour,
Où chacun pour signer s'agenouille à son tour,
Les officiers en tête et les soldats derrière...
C'est un long défilé ; puis, quand la feuille entière
Est couverte des noms de tout le régiment :
— Il faut, dit un des chefs, que sans perdre un moment
L'un d'entre nous auprès du Président se rende
Pour exposer l'affaire et porter la demande.
— Vous n'aurez pas besoin de faire un long trajet,
Dit une voix, donnez ce papier, s'il vous plaît !
L'officier se retourne ; à sa surprise extrême,
Il reconnaît Lincoln, le Président lui-même !
Son air est noble et calme et son front sérieux ;
Il s'avance au milieu du cercle lumineux,
Puis, jetant un regard sur le jeune coupable,
Il dit ces mots : — Soldats, en ce jour mémorable,
Vous avez cru devoir implorer ma pitié,
Vous avez eu raison... Que tout soit oublié !

A tout autre moment, votre noble requête
Resterait sans réponse et serait indiscrète,
Car, gardien de la loi, je n'aurais pu céder ;
Mais puisque c'est Noël, je veux vous accorder,
Pour votre camarade, en ce beau jour de fête,
Ce pardon généreux que votre cœur souhaite.
Qu'il renouvelle ici son serment devant vous ! —
Le condamné s'avance et se met à genoux,
Puis, élevant la main, à pleins poumons s'écrie :
— Oui, je jure d'aimer Lincoln et la patrie !
Aussitôt l'on entend le clairon retentir,
Et les voix des soldats aux trompettes s'unir
Pour acclamer celui dont le cœur héroïque
D'un désastre sans nom a sauvé l'Amérique

IV

— Soldats, reprit Lincoln, que tous vos cris joyeux,
Au lieu de s'adresser à moi, montent aux cieux,
Plus haut que ce sapin, plus haut que la bannière
Qui flotte sur le camp et qui nous est si chère !
Si j'ai sauvé la vie à cet infortuné,
Un autre pour nous tous sur la croix s'est donné,
Et par son sacrifice il a sauvé le monde...
Que notre gratitude à son amour réponde !
C'est à Jésus qu'il faut adresser aujourd'hui
Nos vœux reconnaissants bien indignes de lui...
Nous ne pouvons crier en son honneur : Qu'il vive !
Car il vit et vivra toujours, quoi qu'il arrive ;
Mais ajoutons un mot : Qu'il vive dans nos cœurs !
Qu'il vive dans nos lois, nos coutumes, nos mœurs,
Et qu'en ces tristes jours notre chère patrie

Tourne vers lui ses yeux, et vive de sa vie!
Hélas! ce jour béni, qu'il semble loin de nous,
Ce jour où retentit le cantique si doux :
« Gloire à Dieu dans les lieux très-hauts! paix sur la terre! »
Partout autour de nous l'appareil de la guerre.
Ah! quand je songe à tant de poignantes douleurs,
A ce sang généreux qui coule, à tant de pleurs
Que les mères en deuil répandent à cette heure,
Mon cœur est déchiré!... Je rougis et je pleure,
Et je dis : Cette guerre, elle est un châtiment
Que le Dieu juste et saint inflige en ce moment
A tous, car, oubliant qu'il était notre Père,
Nous avons tous sur nous attiré sa colère!
Oui, tous, jeunes et vieux, tous, qui que nous soyons,
Nord et Sud, nous devons courber ici nos fronts,
Pour que Dieu nous pardonne en sa miséricorde
Et rétablisse enfin la paix et la concorde!

Et vous, frères du Sud, s'écria-t-il plus fort,
(Et pour aller plus loin sa voix fit un effort)
Au nom de ce sapin couronné de lumière,
Unissez vos soupirs à cette humble prière
Qui de nos cœurs brisés monte au trône de Dieu.
Vous aussi, vous avez péché, vous avez lieu
De confesser vos torts et de demander grâce.
Oui, que Dieu nous entende, et que bientôt il fasse
De nos cœurs désunis disparaître à jamais
Toute trace de haine, en nous donnant sa paix!

Et maintenant adieu, frères du Nord! je serre
Votre main, capitaine, et c'est l'armée entière
A laquelle je dis en votre nom : Merci!
Merci pour cette fête! Et j'ajoute ceci :

Vous aimez la patrie et combattez pour elle,
C'est bien ; mais dans le ciel, un autre vous appelle
A lutter vaillamment pour sa cause ici-bas.
A répondre à sa voix, soldats, n'hésitez pas !
Adieu, je dois partir, mes amis ; je vous quitte.
Point d'acclamations ! Jésus seul en mérite !...

Tous restèrent muets, saisis... A ce moment,
S'éleva dans le camp un long frémissement ;
Et plus d'un vieux troupier, endurci par les armes,
Qui jamais jusqu'alors n'avait versé de larmes,
Lorsqu'il fit le récit de ce jour glorieux,
Avoua que des pleurs avaient mouillé ses yeux.

XVI

LE BON SAMARITAIN

SCÈNE BIBLIQUE (Luc X, 30-38)

LE BLESSÉ (*se parlant à lui-même*).

Au secours ! Je me meurs... Dans ce lieu solitaire
S'il ne vient à passer quelque âme débonnaire,
Je suis un homme mort!... Qu'entends-je ? Un léger bruit.
Je vois là-bas une ombre avancer dans la nuit...
Oh ! quel que soit celui qui vient sur cette route,
Il ne passera pas sans s'arrêter... Sans doute,
Quand sur ce lit de pierre il me verra couché,
Tout meurtri, tout sanglant, son cœur sera touché.
Le voici qui s'approche... il me voit... il s'arrête ..
Quoi donc ! est-ce possible ? Il détourne la tête,
Il passe et disparaît. C'est un homme sans cœur !
C'est cependant un prêtre, un sacrificateur !...
(*Après un silence.*)
Mais j'entends de nouveau du bruit; quelqu'un s'avance...
Je lis sur son visage un air de bienveillance ;
Il n'est pas comme l'autre, il a le cœur moins dur,
Et ne passera pas tout droit, j'en suis bien sûr !

O voyageur, peux-tu demeurer insensible
A ma douleur profonde? Oh! non, c'est impossible!
Ne m'abandonne pas ; de grâce, approche-toi!
Qu'un regard de pitié s'arrête enfin sur moi!...
Hélas! il a passé!... C'est pourtant un lévite;
Dès qu'il m'a vu paraître, il a marché plus vite,
Il a fermé les yeux et n'a pas voulu voir
Mes sanglots étouffés, mes pleurs, mon désespoir!

(*Nouveau silence.*)

Qu'entends-je encor?... Le pas d'un mulet qui s'avance.
Ah! je sens en mon cœur renaître l'espérance :
Peut-être celui-ci sera-t-il plus humain.

(*Brusquement.*)

Bah! cet homme tout droit poursuivra son chemin;
Il est trop affairé pour m'être secourable,
Et pour prendre pitié d'un pauvre misérable.
A la mort désormais rien ne peut m'arracher...
J'ai perdu tout espoir... Qui vient de s'approcher?
Quel est ce doux sourire et ce front qui s'incline
Vers le mien, rayonnant de charité divine?

L'ÉTRANGER.

C'est moi, reprends courage, ô pauvre infortuné!
C'est affreux d'être ici tout seul, abandonné,
Sur ce chemin désert, par cette nuit obscure.
Je viens te consoler et panser ta blessure.
Ne te désole plus. Regarde... Me voici.
J'ai là tout ce qu'il faut pour te soigner...

LE BLESSÉ.

Merci!

Je me sens mieux déjà... Je reviens à la vie!...

L'ÉTRANGER.

Je vais bander ta plaie, et sur ta chair meurtrie
Verser l'huile et le vin... Quel horrible tourment
Tu dois souffrir!... Tes cris et ton gémissement
Sont restés sans écho pendant cette nuit sombre?
Personne ici?...

LE BLESSÉ.

Deux fois j'ai vu paraître une ombre.
Deux hommes sont venus... leur cœur est resté froid,
Et, sans me regarder, ils ont passé tout droit!
Toi seul t'es arrêté... toi seul m'as fait entendre
Le langage divin d'un regard doux et tendre!
Oui, dans ce triste lieu je serais mort sans toi..
Si tu n'avais passé... c'en était fait de moi!

L'ÉTRANGER.

Je vais te transporter dans une hôtellerie
Où ta blessure en peu de jours sera guérie.
Laisse-moi doucement te prendre dans mes bras,
Car il nous faut partir...

LE BLESSÉ.

Mais tu n'y songes pas!
Ces brigands m'ont tout pris, m'ont enlevé ma bourse,
Ils m'ont abandonné sans aucune ressource!...
Je n'ai rien pour payer.

L'ÉTRANGER.

Ne sois pas en souci!
Je prends tout à ma charge!...

LE BLESSÉ.

Est-ce possible! Ainsi
Tu veux me décharger encor de la dépense!
Oh! c'est trop de bonté, trop de condescendance!
Je ne suis pas ingrat; merci... qui que tu sois,
Pour ce bienfait nouveau sois béni mille fois!

L'ÉTRANGER.

Partons... l'heure s'avance... il faut nous mettre en route;
Nous avons devant nous un long trajet...

LE BLESSÉ.

Écoute!...
Un seul mot... cet ami qui m'a tendu la main,
Quel est-il? dis-le-moi...

L'ÉTRANGER.

Je suis Samaritain.

Hélas! que de blessés sur le bord de la route!
Que d'esprits transpercés par le poignard du doute!
Que de cœurs déchirés, tout meurtris, qui jamais
N'ont joui d'un instant de bonheur et de paix!
Vous qui, dans ce blessé retrouvant votre image,
Pour lutter jusqu'au bout n'avez plus de courage,
Dont le cœur est navré de voir passer tout droit
Tant de gens affairés, au regard sec et froid,
Levez les yeux... Jésus a vu votre misère...
Ce *Bon Samaritain* veut être votre Frère,
Votre fidèle Ami, votre Consolateur...
Ne le repoussez pas... donnez-lui votre cœur!

XVII

LES EXCUSES

SCÈNE BIBLIQUE

> Le serviteur, étant de retour, rapporta cela à son maître.
>
> (Luc XIV, 15-25.)

LE MAITRE.

Quoi ! partout même accueil ! partout à ton passage
Un refus absolu d'écouter ton message !
Oh ! c'est triste ! Il m'aurait été si doux de voir
Tous ces chers invités à ma table s'asseoir !
Ce devait être un jour de fête et d'allégresse,
Et voici que mon cœur est rempli de tristesse.
Mais qu'ont-ils répondu? N'ont-ils pas dit pourquoi
Ils ne pouvaient venir souper ce soir chez moi ?

LE SERVITEUR.

Ils se sont excusés de diverses manières...

LE MAITRE.

Quels motifs ont-ils pu donner?

LE SERVITEUR.

L'un, que des terres
Qu'il venait d'acheter l'obligeaient dès ce jour
A partir, sans qu'il sût l'heure de son retour.

LE MAITRE.

Le motif n'est pas fort, et l'excuse est bizarre!
C'est pour un acheteur une chose assez rare
De visiter un champ quand tout est terminé!
Pour refuser mon offre il ne s'est pas gêné!
Qu'ont-ils pu dire encor?

LE SERVITEUR.

Un autre au labourage
Doit essayer des bœufs, un nouvel attelage...
Un rendez-vous pressant le force à s'absenter.

LE MAITRE.

Et pourquoi dès ce jour aller les visiter?
Ne peut-il pas demain comme aujourd'hui s'y rendre?
Son fermier et ses bœufs pouvaient fort bien attendre.
Est-ce tout?

LE SERVITEUR.

Un troisième a dit : Je ne puis pas,
Malgré tout mon désir, aller à ce repas...
Marié depuis peu, mon foyer me réclame...
Je ne saurais quitter ainsi ma jeune femme...
Me voir partir tout seul lui semblerait bien dur.
Mon refus paraîtra naturel, j'en suis sûr...

LE MAITRE.

Marié depuis peu!... L'excuse n'est pas bonne!

Il sait bien que j'aurais été plus que personne
Heureux de recevoir sa compagne, et d'avoir
Un convive de plus à ma table ce soir.
Pourquoi ne pas venir tous deux à cette fête ?
Ils auraient dû penser que leur place était prête...
Tous ces raisonnements, au fond, ne valent rien,
Et s'ils voulaient venir, ils le pourraient fort bien !

LE SERVITEUR.

Oui, mais en attendant, si personne n'arrive,
Le festin sera prêt, et pas un seul convive !
Que faire ?

LE MAITRE.

Écoute-moi ; va-t'en dans les faubourgs,
Sur la place publique et dans les carrefours ;
Là, t'adressant à ceux qui passent dans la rue,
Tu leur souhaiteras à tous la bienvenue,
Et leur feras savoir qu'un souper excellent
Est préparé pour eux, et chez moi les attend.

LE SERVITEUR.

Mais s'ils sont impotents ou boiteux...

LE MAITRE.

Peu m'importe !
Je veux ouvrir ce soir toute grande ma porte...
Oui, je veux qu'en ce jour à tant de pauvres gens
Infirmes et boiteux, aveugles, indigents,
Privés de tout plaisir, sans retard on apprête
Pour tous, jeunes et vieux, une joyeuse fête.

Au banquet de l'amour, au céleste festin

Dieu nous invite tous; prenons tous notre place...
Ne la refusons pas, de peur qu'Il ne se lasse
Et qu'un regret amer ne soit notre destin!

Laissons là pour jamais ces funestes excuses
Qu'aujourd'hui l'on entend invoquer en tout lieu;
Ces propos mensongers ne sont qu'autant de ruses
Pour abuser notre âme et nous priver de Dieu.

XVIII

LES DEUX BOUQUETS

APOLOGUE

La reine de Saba voulut un jour, dit-on,
Éprouver du roi Salomon
Le grand savoir et la sagesse,
Et pour s'y prendre avec adresse,
Elle apporta deux grands bouquets de fleurs,
Tout parfumés, aux brillantes couleurs,
Et lui dit : — Choisissez ! Lesquelles
D'entre ces fleurs sont les fleurs naturelles ?
Et la reine, tenant ses deux bras élevés,
Recula loin du prince en criant : — Devinez !...
Lui parut réfléchir et garda le silence ;
Puis, s'adressant à l'assistance
Qui tournait vers les fleurs des regards étonnés :
— Messieurs les courtisans, leur dit-il, répondez...
Tous restèrent muets ; aucun ne fut capable
De discerner le bouquet véritable.
Il attendit longtemps ; comme ils ne disaient rien,
Il reprit : — Je m'en vais répondre ; écoutez bien :

Mais tout d'abord... ouvrez un instant la fenêtre.
On ouvrit, et l'on vit aussitôt apparaître
Des abeilles... tout un essaim.
Se détournant avec dédain
Du bouquet aux fleurs imitées,
Elles volèrent empressées
A celui qui pouvait leur offrir un repas...
— Princesse, dit le roi, cet insecte là-bas,
Guidé par son instinct, a su trouver lui-même
La réponse à votre problème.

Nous aussi, nous avons, pour discerner l'erreur,
Pour guider notre esprit et l'affranchir du doute,
Un sûr instinct, c'est notre cœur...
Oh! laissons-le parler et nous montrer la route...

La vérité, c'est de ne croire à rien,
Disent les esprits forts; vous qui croyez au bien
Et d'un Dieu tout-puissant admettez l'existence,
Vous êtes bien naïfs! Aux yeux de la science
Il n'est plus qu'un seul Dieu qui gouverne ici-bas,
Le Hasard, et le bien, le mal n'existent pas!
Si par ces vains propos vous vous laissiez séduire,
Et qu'il vous arrivât d'hésiter et de dire :
Qui sait? Ces esprits forts ont peut-être raison!
Consultez votre cœur... Il vous répondra : Non!
Non, je sais qu'il existe au fond du ciel immense
Un Esprit créateur qui, par sa Providence,
Renouvelle, entretient notre vaste univers,
Dont les yeux vigilants sont constamment ouverts,
Qui ne peut tolérer le mal ni l'injustice
Et du remords souvent m'inflige le supplice!
Je sens que je devrai lui rendre compte un jour

Et que dans l'autre monde, à jamais, sans retour,
Par des maux éternels il faudra que j'expie
Le mal que j'aurai fait dans cette courte vie!
Oh! ne me parlez plus de destin, de hasard!
Non, j'ai besoin d'un Dieu qui puisse prendre part
A mes chagrins secrets, qui m'aime et me console;
Celui que vous m'offrez n'est qu'une vaine idole,
Une ombre insaisissable et sans réalité!
C'est un Dieu de mensonge et non de vérité!

La vérité, nous dit une autre voix, la vie,
C'est moi qui vous l'apporte! Amis, je vous convie
A venir vous ranger sous ma divine loi.
Je suis le seul chemin; la vérité, c'est moi!
Vous tous qui du remords connaissez la souffrance,
Et sentez qu'à pas lents l'éternité s'avance,
Et qu'un jour il faudra tout quitter ici-bas,
Croyez à ma parole; alors vous n'aurez pas
A craindre du Dieu saint la justice sévère;
Apaisé par mon sang, il sera votre Père,
Votre appui, votre guide, et vous pourrez dès lors
Traverser cette vie heureux, libres et forts!

Peut-être, en admirant tout bas cet Évangile,
Dites-vous : C'est très-beau; mais il m'est difficile
D'admettre que cet homme humble et persécuté,
Qui s'appela Jésus, au ciel soit remonté...
Ce bonheur éternel qu'il nous offre en partage
N'est-il pas un vain rêve, un décevant mirage?
Si, devant ce problème un doute vous saisit,
Et vient secrètement obséder votre esprit,
Consultez votre cœur... S'il est vraiment sincère,
Il répondra : Jésus a dit vrai; crois, espère,

Car je suis attiré, vaincu par son amour,
Et sans lui je ne puis vivre heureux un seul jour.

Il vous dira : Souvent, je ne sais quel malaise
M'envahit ; et je sens un fardeau qui me pèse ;
Le remords du péché vient troubler mon bonheur.
J'ai besoin de pardon !... Il me faut un Sauveur !

J'ai beau vouloir le bien, toujours le mal l'emporte ;
J'ai besoin de quelqu'un qui me prête main-forte,
Qui m'aide à résister, qui soit mon point d'appui,
Et je n'en puis trouver de plus ferme que Lui !

Dans les jours où sur moi passe un souffle d'orage,
Quand les chagrins, le deuil ont brisé mon courage,
Je me dis : Qui viendra consoler ma douleur ?
Oui, c'est toi qu'il me faut, divin Consolateur.

XIX

POUR UN ANNIVERSAIRE

En ce jour d'espérance
Que nous fêtons aussi,
Pleins de reconnaissance,
Nous vous disons : Merci!

Merci d'avoir sans cesse,
Plus forts et plus vaillants,
Supporté la faiblesse
De nos pas chancelants.

Merci pour cette joie
Et ces preuves d'amour
Que Dieu par vous envoie
A nos cœurs chaque jour.

Oh! que sur vous encore
Il répande ses dons!
Que votre ciel se dore
De ses plus chauds rayons!

Que dans vos cœurs il fasse
Éclore pour longtemps,
D'un rayon de sa grâce,
Un radieux printemps!

Que toujours il vous donne
Force, joie et santé,
Et qu'il vous environne
De sa vive clarté!

XX

LE PRIX DE PATIENCE

A L'OCCASION D'UNE DISTRIBUTION DE PRIX

Il reste encor un prix, le *bouquet* de la fête,
A décerner en ce jour solennel.
La distribution ne serait pas complète
Si ces fleurs manquaient à l'appel.

AUX ÉLÈVES.

Vous chuchotez tout bas, et vous dites, je pense :
Ce bouquet serait-il pour nous ?
A qui le prix de patience ?
Franchement, le méritez-vous ?

A L'INSTITUTRICE.

Non, c'est à vous, mademoiselle,
Que je veux l'offrir en ce jour,
Car votre tâche est grande et belle,
Œuvre de patience et d'amour !
Quoi de plus beau, de plus digne d'envie,
Que de joindre au pain de l'esprit

Celui qui nourrit l'âme et lui donne la vie,
L'Évangile de Jésus-Christ!

A L'ASSISTANCE.

Puissions-nous tous un jour à la fête éternelle
Apporter notre offrande, et trouver dans les cieux
Une gerbe plus riche, une moisson plus belle,
Des cœurs purifiés et pour jamais heureux!

XXI

LES DEUX CHEMINS

« Pour moi, vivre, c'est Christ! » a dit le grand Apôtre.
Il avait fait son choix, avons-nous fait le nôtre?
Il faut servir Jésus, lui donner notre cœur
Et connaître à jamais la vie et le bonheur,
Ou mener ici-bas une triste existence,
Marcher le front courbé, sans Dieu, sans espérance.
Entre ces deux chemins lequel choisirons-nous?
L'un est *étroit*, couvert de ronces, de cailloux,
On s'y meurtrit les pieds à la suite du Maître,
Mais on y voit bientôt le ciel vous apparaître,
Et dès qu'il resplendit nous oublions nos pleurs;
L'autre est *large*, commode; un beau tapis de fleurs
L'orne d'un bout à l'autre; une foule bruyante
S'y presse; on s'y coudoie, on y rit, on y chante;
Nos soucis et nos maux semblent être oubliés,
Mais un beau jour, le sol s'affaisse sous nos pieds;
Sous les gazons fleuris de la pelouse verte
Apparaît à nos yeux une fosse entr'ouverte,
Où ce mot effrayant brille en lettres de feu:
Trop tard! — plus de pardon... le jugement de Dieu.

Voyageurs qui marchez sur cette large route
Oh! rebroussez chemin! que votre cœur écoute
Cet appel qu'aujourd'hui de sa plus tendre voix
Vous adresse Celui qui mourut sur la croix!

XXII

DIVIN SÉJOUR

Le temps s'enfuit, l'heure passe ;
Le jour fait place à la nuit ;
Tout disparaît et s'efface...
Tout meurt et s'évanouit ;
Oh ! ne perdons pas courage,
Disons-nous que chaque jour
Nous approchons du rivage...
Divin séjour !

Puisque le Seigneur de gloire
Est venu nous secourir,
Puisqu'il nous suffit de croire,
Pour qu'il veuille nous guérir,
Confions-nous en sa grâce ;
A tous, il dit : « Viens et crois !
Je suis mort à votre place,
Mort sur la croix ! »

Encore un peu de souffrance,
De combats et de travaux,
Puis viendra la délivrance,

Et l'heureux jour du repos.
Je veux, ô mon tendre Père,
Vivre pour toi désormais
Jusqu'au bout de ma carrière...
Oui, pour jamais!

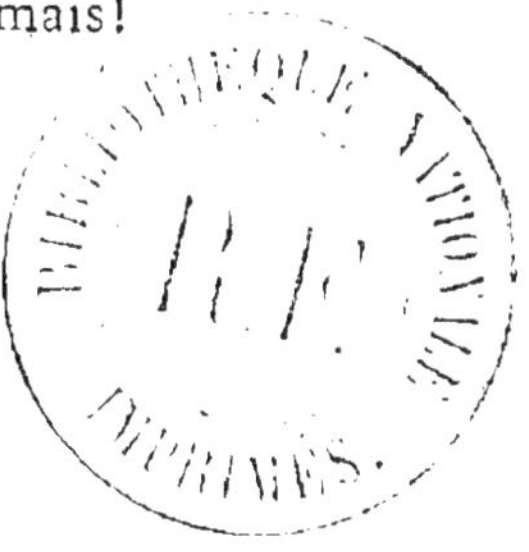

TABLE DES MATIÈRES

PREMIÈRE PARTIE.

SECONDE PARTIE.

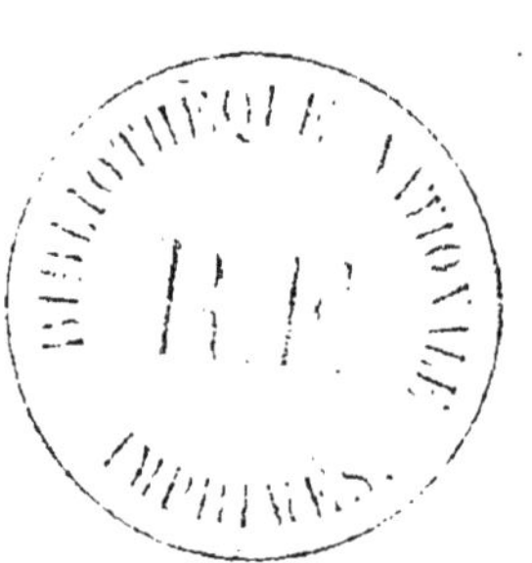

IMPRIMERIE D. BARDIN, A SAINT-GERMAIN.

www.ingramcontent.com/pod-product-compliance
Ingram Content Group UK Ltd.
Pitfield, Milton Keynes, MK11 3LW, UK
UKHW021621260726
13965UKWH00007B/1404